I0686444

BIBLIOTHÈQUE

CHRÉTIENNE ET MORALE

APPROUVÉE

PAR Mgr L'ÉVÊQUE DE LIMOGES.

—

6ᵉ SÉRIE.

Tout exemplaire qui ne sera pas revêtu de notre griffe sera réputé contrefait et poursuivi conformément aux lois.

UN VOYAGE EN DILIGENCE.

UN

VOYAGE EN DILIGENCE

PAR

Mme DE STOLTZ.

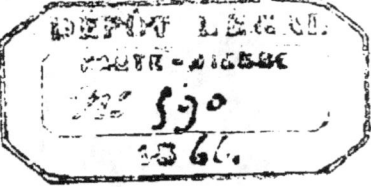

LIMOGES,

BARBOU FRÈRES, IMPRIMEURS-LIBRAIRES.

1866

UN VOYAGE EN DILIGENCE.

LE signal est donné, le postillon fait chaquer son fouet, les chevaux s'élancent, la lourde voiture se met en mouvement; on part, on est parti, répétant les signes de l'adieu aux amis qui ont accompagné les voyageurs jusque dans la cour des messageries.

Pendant qu'on traverse Paris, chacun regarde aux portières; une fois hors des barrières, on se regarde les uns les autres avec plus ou moins de bienveillance.

Les places de l'intérieur sont occupées par trois jeunes filles, une dame d'un certain âge,

1..

et un homme au maintien imposant. A tout
seigneur tout honneur! L'homme, étant le roi
de la nature, doit figurer le premier dans cette
galerie de portraits.

M. Firmin n'a point un physique précisé-
ment agréable : air affairé, ton doctoral, regard
inquisiteur, lèvres pincées, maintien raide,
perruque neuve et un peu trop riche en che-
veux d'un blond hasardé : c'est assez pour vous
dire que ce voyageur sent l'importance de ce
qu'il fait. M. Firmin, se figurant qu'il dirige
tout, compte pour peu de chose conducteur et
postillon; pour rien, sans doute, essieux et
chevaux ; il met fréquemment le nez à la portière, donne des ordres, relève les délits, cor-
rige les abus, en un mot il préside.

Zénaïde, sa nièce, jeune blonde élégante,
paraît vivement contrariée; elle ne parle pas,

et se donne un petit air indigné, qui lui sied assez bien.

Qu'a-t-elle ? Hélas ! un grand chagrin ; M. Firmin a fait retenir ses places par un domestique maladroit; il y a eu malentendu, et, au lieu du coupé, il a fallu, bon gré, mal gré, monter dans l'intérieur ! Elle, Zénaïde, une élégante de la Chaussée-d'Antin dans l'intérieur ! exposée à faire des rencontres fort peu agréables, quelle infortune ! Elle ne peut même pas avoir une encoignure; d'autres voyageuses sont montées en voiture avant elle : son oncle, qui est souffrant, a droit à la place la plus commode, et sa sœur Adèle qui se porte bien a eu le soin de s'installer le mieux possible; Zénaïde, entrée la dernière, n'a trouvée de vacant que le numéro 6, où elle a pour perspective un ballotage perpétuel, point de sommeil, un mal de cœur insupportable... Elle s'est lamenté d'une voix si plaintive, que la compatissante Charlotte, légitime propriétaire de l'encoignure numéro 2, la lui a offerte : elle a accepté *en grande dame*, à ce qu'elle croit, c'est-à-dire en remerciant à peine.

Charlotte, en possession du numéro 6, occupe cette place que vous savez, où devant votre visage pend un long morceau de cuir, que vous saisissez quand vient le soir, et qui vous tient lieu de perchoir et de balançoire toute la nuit.

En homme qui sait vivre, M. Firmin avait bien offert sa place à Charlotte, mais comme il s'était plaint en même temps d'un certain rhumatisme à l'épaule gauche, dont il donnait le bulletin à chaque instant, Charlotte n'avait point acceptée.

Adèle, cette jeune fille, qui se fait à plaisir des plis au front et un regard farouche, n'est point, comme vous le pourriez croire, une tra-

gédienne répétant intérieurement son rôle ;
non, c'est tout simplement la sœur de Zénaïde,
Adèle qu'un malheur vient de frapper ! Elle a
consacré plusieurs semaines à l'achat de mille
bagatelles *ravissantes* : manchettes, bracelets,
fleurs artificielles, rien n'a été négligé ; une
insupportable femme de chambre a fait les
malles de sa jeune maîtresse, et toutes ces
merveilles sont restées à Paris dans la commode de mademoiselle, dont mademoiselle a
emporté la clef ! Il y aurait de quoi pleurer ;
mais Adèle est forte dans l'adversité ; elle se
contentera, à chaque secousse de la diligence,
de faire une rude admonition à l'administra-
tion des messageries ; elle trouvera le trajet
d'une longueur démesurée, les repas abomina-
bles, la nuit fatigante à l'excès, le jour ennuyeux au dernier point, le voyage assom-
mant !

Elle commence à se plaindre à M. Firmin,
qui lui répond qu'aujourd'hui le service publique se fait indignement, que les employés ont
perdu tout sentiment des convenances, et que
s'il n'avait pas soin de parler ferme, ce serait
encore bien autre chose !

Sur ce, au premier relai, il appelle le conducteur pour lui faire observer en termes éner-
giques, que la route est couverte de poussière,
que lui, M. Firmin, devrait être dans le coupé,
sans un inconcevable malentendu, et, que, lui,
conducteur, est un homme insupportable, par
suite des mésaventures précitées. Le conducteur répond d'un air jovial qu'il est *désolé ;*
puis il reprend sa pipe, assujétit sa casquette,
regagne sa place et s'écrie :

« En route ! »

Permettez-moi de vous présenter madame
Robert, la meilleure femme que je connaisse

parmi les plus honnêtes bourgeoises du Marais, la plus patiente, la plus compatissante, la plus polie, la plus serviale, mais aussi, comme pour avoir le monopole de tous les abjectifs, la plus ennuyeuse.

Cette bonne dame Robert, qui depuis seize ans n'a pas quitté le troisième étage de la rue Saint-Louis, va passer un mois à Rochefort, où l'appelle une affaire sérieuse; elle sert de mentor à Charlotte, trop jeune pour voyager seule. Habitant le même quartier, ces dames se rencontraient à l'église ou dans la rue; la famille de Charlotte a demandé à la complaisante voisine de prendre la jeune fille sous sa protection, et elle y a consenti avec empressement; mais quelle protection!

Depuis le commencement du voyage, Madame Robert meurt de peur; tout est pour elle un sujet d'effroi : le hennissement d'un cheval,

les juremens d'un postillon, tout l'épouvante !
En outre, elle ne supporte absolument que la
position horizontale. Dans les descentes, elle
ne doute point que la voiture, en passant par-
dessus la tête des chevaux, n'arrive avant eux
au bas de la montagne. S'agit-il de gravir une
côte, elle voit le moment où l'équipage entier
doit rouler à reculons et se briser en mille
pièces, ainsi que son contenu, y compris les
bras et les jambes de madame Robert. Traverse-
t-on un bois, elle annonce que cette nuit sera
très-probablement la dernière pour elle et pour
ses voisines ; car elle a ouï parler de bandes
d'assassins cachés dans ces repaires. Pendant
qu'elle prépare son oraison funèbre, la diligence
s'arrête tout-à-coup, le conducteur commence
à jurer, les chevaux piaffent ; des hommes
entourent spontanément la voiture ; d'une
main l'un porte une lanterne sourde, de l'autre
il tient... On ne voit pas bien probablement un

énorme coutelas! On parle, on s'anime, on crie... Madame Robert, éperdue, appelle ses voisins et ses voisines, ils dorment! La frayeur l'exalte, elle se dévoue à une mort certaine, elle baisse la vitre, et met courageusement la tête à la portière.

C'est un relai.

Ces passages continuels de l'effroi à l'espérance, du calme à la terreur, ont jeté madame Robert dans un état pitoyable, et, sans les paroles encourageantes de sa compagne, elle se trouverait mal tout le long du chemin. Mais elle est si bonne, cette petite créature qui se balance entre Adèle et M. Firmin! Charlotte n'est ni riche, ni belle, ni savante. Personne ne la remarque, mais ceux qui la connaissent l'aiment et l'apprécient : sa famille, ses compagnes, ses amies, lui ont donné, d'un commun accord, un nom qui la caractérise, c'est tout simplement *bonne enfant.*

Puisqu'elle dort, parlons d'elle : Charlotte
est sensible sans être exaltée; digne sans fier-
té, modeste sans timidité; ayant passé de lon-
gues années dans l'éducation publique, elle a
vu parmi ses compagnes de classe tant de diffé-
rents caractères, tant de bizarreries dans tous
les genres, qu'elle est promptement décidée à
prendre son parti au sujet des petites choses
contre lesquels heurtent nos pas.

Charlotte considère la vie comme du haut
d'un balcon, d'où l'on voit passer l'intermina-
ble cortége des douleurs, des misères et des
déceptions humaines. Elle regarde non en stoï-
que, mais avec cette sage mesure qui donne
à chaque malheureux ce qu'il lui faut de compassion.

Quant aux petits ennuis, aux manies, aux
ridicules qui se traînent en masse à la suite
du cortége, Charlotte se réserve le droit d'en

rire, sans doute pour n'en plus pleurer. Elle se plie aux circonstances, aux exigences de chacun, sans perdre la droiture de son jugement, mais aussi sans prétendre réformer le monde, tâche qui tout d'abord lui a paru être au-dessus de ses forces.

Cependant il est dix heures du soir : un grand silence règne, la diligence s'arrête, et le conducteur, avec son impassibilité ordinaire, annonce qu'il faut passer une rivière à bac, et cela· par une raison bien simple, parce qu'il n'y a pas de pont. Il offre aux voyageurs de descendre, si bon leur semble, ou de rester à leur place, selon qu'ils préfèrent être noyés à pied ou en voiture, s'il y a lieu. Quant à lui, rien ne l'émeut, ni la pluie qui tombe à torrent, ni la vase dans laquelle il compte faire passer ses administrés pour arriver au bac, ni la mauvaise humeur de chacun d'eux.

— Allons, messieurs et dames, dépêchons !

— Mais, conducteur, il pleut à verse !

— Bah ! ce n'est jamais que de l'eau.

— Ah ! conducteur, quelle boue ! Voyez donc !

— Que voulez vous que j'y fasse, ma petite dame ?

— Conducteur, il fait si noir ! on ne voit pas seulement où l'on met ses pieds.

— Ah ! ça vaut bien autant, croyez-moi !

— Mais, conducteur, c'est insupportable !

Ainsi s'écriaient tour à tour le coupé, la rotonde et l'impériale; mais rien de comparable aux convulsions de l'intérieur. M. Firmin, qui, détestant les déplacements, ne voyageait pour ainsi dire jamais, ne concevait pas comment on pouvait exposer des gens *comme il faut* à de pareilles aventures. Zénaïdde déclarait qu'elle aimait mieux rester dans la voiture que de coudoyer *des gens de rien*; Adèle criait contre le conducteur, contre la diligence, contre la rivière qui se trouvait là, et contre le pont qui ne s'y trouvait pas.

Quant à madame Robert, elle annonça solennellement que sa résolution était invariable, et qu'elle ne passerait jamais de l'autre côté de l'eau, à moins que le gouvernement se décidât à faire construire un pont. En vain Charlotte lui fit-elle observer que la diligence passait par là tous les jours à la même heure depuis bien des années; tout fut inutile. Madame Robert si douce, si bonne au Marais, avait pris une attitude imposante et ne bougeait pas. Tout ceci se passait à la grande satisfaction de quelques commis-voyageurs, qui riaient aux éclats un peu plus loin.

Soudain, le conducteur, sans dire mot, saisit madame Robert par le bras, l'entraîne sans commisération aucune, et, la soulevant, la place dans le bac, tout près de la voiture.

— Eh! l'ami, y es-tu? crie l'un des bateliers.

— J'y sons!

Aussitôt le bac s'ébranle : Charlotte, assise près de madame Robert, à moitié morte de peur, lui fait respirer avec persévérance du vinaigre anglais; madame Robert n'en suffoque pas moins, ses nerfs se crispent, elle assure que le bateau s'enfonce, elle le voit, elle le sent, c'est évident! Sa bienveillante compagne la console comme elle peut au sujet de ce grave incident, et pour la rassurer, dit aux bateliers :

— N'est-ce pas qu'il n'y a aucun danger?

— Et quel danger que vous y voulez, ma petite dame ? N'y a jamais rien à craindre sur l'eau, à moins qu'on tombe dedans; mais v'là cinq ans que çà n'est pas arrivé, Dieu merci !

L'autre batelier, vieux barbu à la mine joviale, dit à son tour d'un air tranquille ;

— Oui, v'là cinq ans ; mais dame c'te nuit-là, jons bu un fameux coup ! n'y a que moi qu'est revenu, y z'ont tous coulé à fond !

Sur ce, madame Robert s'écria qu'elle n'y tenait plus, et si on l'eût laissée faire, elle se fût assez volontiers jetée dans la rivière tout de suite, de peur de se noyer plus tard.

Charlotte était véritablement désolée des souffrances de sa protectrice.

Par bonheur les situations extrêmes ne durent pas. Voici le rivage, c'est-à-dire la boue, la pluie, l'obscurité, et tous les embarras de l'abordage : on remonte en diligence, et alors seulement madame Robert se croit sauvée.

En ce moment, tout le monde était plus ou moins de mauvaise humeur. M. Firmin écoutait gravement les plaintes de ses nièces ; mais peu à peu, la colère s'exhalant, on arriva au calme profond qui sucdède à tout état violent.

Tout-à-coup s'adressant à Charlotte, M. Firmin lui dit :

— C'est pourtant un voyage d'agrément que nous faisons, mademoiselle ; qui s'en douterait ?

— Il est vrai, monsieur, que les contrariétés ne nous manquent pas.

— Des contrariétés, mademoiselle ? Ce sont des épreuves à nulle autre pareilles !

— La plus pénible pour moi, monsieur, c'est

de voir souffrir la personne avec laquelle je voyage.

En ce moment on passait près d'une auberge qu'éclairait un pâle reverbère; M. Firmin remarqua que madame Robert dormait.

Il y a réaction, dit-il, d'un ton sentencieux : à l'effroi succède une complète prostration de forces, et il sourit finement.

D'autre part, M. Firmin sentait un poids assez lourd sur son épaule droite, c'était la tête de la pauvre Adèle, qui cherchait en songe les manchettes et autres merveilles enfermées dans sa commode, à Paris. Le bon monsieur sourit encore, et ayant adressé la parole à Zénaïde, sans en avoir reçu de réponse, il en conclut qu'elle dormait aussi, et que, pour le moment, il n'y avait pour toute ressource de société que *le petit numéro* 6, comme disait le

conducteur. Il se mit donc en devoir de continuer la conversation, car la conversation et le
sommeil étaient également nécessaires à M.
Firmin : quand il ne dormait pas, il fallait
qu'il parlât, et *vice versâ*.

— Voudriez-vous avoir la bonté de me dire,
mademoiselle, demanda-t-il, comment vous
faites pour conserver un air enjoué, un ton
gracieux, au milieu des ennuis de tous les genres qui nous obsèdent depuis Paris !

— Monsieur, franchement, ces ennuis m'a-
musent.

— Ah ! c'est différent !

— Je veux dire, monsieur, que je prends
mon mal en patience, et que je me console des
vicissitudes humaines en observant à loisir les
tableaux qui passent sous mes yeux.

— Mademoiselle observe !

— Ah ! beaucoup ! c'est mon bonheur ! D'ailleurs, la vie se compose de tant de petits évènements malencontreux que je tomberais inévitablement en langueur, si je voulais prendre au sérieux tous ces riens.

— Vous appelez cela des riens ? Et cette averse, tout-à-l'heure !

— Monsieur, j'avais ouvert mon parapluie.

— Je n'ai jamais ouï dire qu'un parapluie, si grand qu'il pût être, empêchât de se mouiller les pieds.

— Monsieur, j'ai des souliers à l'anglaise.

— A l'anglaise... à l'anglaise... On se mouille les pieds à Londres tout aussi bien que chez nous. A plus forte raison, en passant par cette affreuse boue, dans laquelle ce maudit conducteur a jugé à propos de nous faire piétiner pour entrer dans son bac, et puis encore pour en sortir.

— C'était bien ennuyeux, c'est vrai, mais heureusement j'ai des semelles de liége.

— De liége ? Vraiment, mademoiselle, vous aviez tout prévu, hormis peut-être ce détestable bouillon salé et brûlant que cet empoisonneur d'aubergiste nous fit avaler en toute hâte hier au soir.

— Monsieur, je ne l'ai trouvé ni trop chaud ni trop salé.

— Ah ! bah ! ce n'est pas possible !

— J'y avais mis de l'eau.

— C'était donc un bouillon coupé ?

— Mais oui, c'est léger, cela vaut mieux le soir.

— A merveille ! Vous avez toujours un expédient tout prêt. Mais, dites-moi, il ne peut vous être indifférent de voyager avec des gens de toutes classes, avec des francs plébéiens, comme dirait ma nièce Zénaïde?

— Monsieur, rien ne m'inquiète moins que la généalogie de mes compagnons de voyage ; pourvu qu'ils soient polis, je suis contente.

— Excellent caractère! Que feriez-vous, mademoiselle, si quelque voisin mal avisé, confondant votre épaule avec un coussin rembourré, s'y appuyait pour dormir plus à l'aise, comme en ce moment le fait Adèle.

— Ce que je ferais? Mais... j'attendrais qu'il s'éveillât.

— Allons, vous êtes philosophe, je vois cela.

— Monsieur, je ne sais de la philosophie que le nom, et encore je ne le comprends pas bien ; mais j'ai déjà vu bien des choses...

2.

— A votre âge, ma belle demoiselle, on en ignore plus encore...

Ceci fut dit avec un air gracieux ; puis eurent lieu trois ou quatre petits mouvements en mesure, tendant à rehausser le faux-col, et à améliorer la position assez fâcheuse de la perruque ; mais M. Firmin, se rappelant que, à cause de l'obscurité, il en était pour ses frais, se borna à bien accentuer ses phrases.

— Mais, mademoiselle, voulez-vous me permettre de vous demander comment vous avez acquis en si peu de temps un sang-froid, une raison, vraiment admirable ?

— Monsieur, je ne me crois pas plus sensée qu'une autre ; seulement il me semble qu'on doit garder ses larmes, ses inquiétudes et sa tristesse pour des chagrins réels. Or, je ne compte point au nombre des chagrins réels un peu de boue, un peu d'humidité, quelques grains de sel de trop dans un bouillon, une averse, un malentendu, un petit contre-temps....

— Le passage du bac n'a-t-il pas eu pour vous quelque charme invisible?

— Non, monsieur; j'avoue que je ne suis pas brave : je n'aime pas cette manière de passer l'eau, surtout la nuit; mais, dans les circonstances où nous nous trouvions, il me semble que nous ne pouvions hésiter.

— Parce que?

— Parce qu'il n'y avait pas de pont.

— Fort bien! Décidément je ne vous plains plus, vous traversez le monde à la manière des esprits forts!

— Oh! monsieur, détrompez-vous! je suis loin du calme scepticisme des esprits forts! Si j'ai quelque courage, je le puise uniquement dans la confiance que j'ai en Dieu, qui veille sur moi.

— Ah! ah! mademoiselle est dévote?

— Oui, monsieur, si vous entendez, par ce mot, être dans la volonté d'accepter de Dieu la vie telle qu'il nous l'envoie, de se résigner jour par jour aux petites peines qui s'y rencontrent, et de demander force et patience pour les véritables souffrances.

— Massillon ne disait pas mieux! Dévote! dévote! Et, avec cela, gaie et contente... Tenez, mademoiselle, si le voyage durait seulement vingt-quatre heures de plus, vous me raccommoderiez avec le conducteur, le bouillon d'auberge, la pluie, le bac, et je crois même avec la dévotion! Mais, voyons, convenez que, d'après la supériorité dont vous faites preuve, vous nous trouvez tous tant que nous sommes, parfaitement maussades...

— Mais, monsieur... comment donc ?...

— Allons, allons, pas de façons : en voyage, il faut se mettre à son aise.

— Monsieur, puisque vous voulez que je vous parle franchement, je vous trouve tous à plaindre.

— Ce n'est pas mal s'en tirer ! Vous n'osez pas avouer que vous vous moquez de nous d'un bout à l'autre, *in petto.*

— Je ne me moque point de vous, monsieur : je me borne à souhaiter du plus profond de mon cœur que nul choc imprévu ne fasse descendre mademoiselle Zénaïde du rang élevé qu'elle occupe dans le monde, et je désire qu'aucune douleur réelle n'efface les peines fugitives de mademoiselle Adèle.

— Et pour la dame avec laquelle vous voyagez, quels sont vos souhaits ?

— Ah ! la pauvre dame ! je lui souhaite un epos parfait. Du reste, ce n'est pas à elle que j'en veux, c'est à sa nourrice, qui l'a probable-ment bercée avec des contes de voleurs, et aussi à son médecin, qui a laissé développer en elle outre mesure une si grande impressiona-bilité nerveuse.

— Et de moi, que pensez-vous, mademoi-selle?

Charlotte commençait à s'embarrasser; elle n'osait pas dire : « Vous êtes un homme au fond, mais votre ton est un peu trop haut, ainsi que votre faux col, et vos manières trop raides, trop apprêtées, ainsi que votre perruque. Heu-reusement la diligence, qui depuis quelques minutes roulait sur le pavé, s'arrêta : le terri-ble voyage était fini !

L'immobilité de la voiture éveilla en sursaut les trois dames que ses oscillations avaient

bercées, et chacune, reprenant son chapeau,
son parapluie, ses gants et son caractère, des-
cendit, l'une en s'indignant, l'autre en gron-
dant, et la troisième en tremblant.

M. Firmin s'étonnait de ne point voir descendre Charlotte, mais l'aimable voyageuse s'occu-
pait à réunir une quantité de petits cornets de
pastilles, pâtes de jujube, et autres, que madame Robert avait apportés de Paris pour se ré-
conforter tout le long du chemin.

Dans son trouble, la pauvre femme les avait
laissés tomber l'un après l'autre. Charlotte en
fit un bloc, qu'elle entoura d'un mouchoir
blanc, et s'élança dans les bras de deux de ses
parents qui l'attendaient à son arrivée.

Quand tous les voyageurs eurent mis pied à
terre, on procéda, à la lueur des lanternes, aux
opérations de rigueur : paiement des places,
réclamation d'une petite malle en cuir ou d'un

sac de nuit, recherche d'un parapluie oublié ;
enfin eut lieu cette scène d'arrivée qui termine
agréablement toute excursion lointaine, et qui
présente à l'heureux observateur, dont le ba-
gage consiste en une canne, bon nombre de
tableaux amusants.

Au moment où Charlotte, donnant le bras à
l'un de ses parents, allait quitter le bureau de
la voiture, M. Firmin s'approcha, la salua
fort courtoisement, et dit avec cette familiarité
qu'autorise un voyage en diligence : « Mademoiselle, permettez-moi de vous remercier des
bons avis que vous m'avez donnés ?

Moi, monsieur ! s'écria Charlotte, rouge
d'embarras au milieu de tout ce monde qui l'en-
tourait et la regardait.

— Oui, mademoiselle, encore une fois
merci ! car, avec une grâce exquise, vous m'a-
vez fait sentir combien il est sage de savoir se

mettre au-dessus des puériles contrariétés qui
se rencontrent à chaque pes, non-seulement
sur la route de Paris à Rochefort, mais encore
sur le grand chemin de la vie! Mademoiselle,
permettez-moi, en vous disant adieu, de souhaiter que l'avenir ne soit pour vous qu'un
voyage d'agrément, plus *agréable* surtout que
celui que vous venez de faire.

Charlotte baissa la tête en souriant, et le
brave conducteur tout en remuant ses malles,
s'écria : « Eh bien, moi aussi, je lui souhaite
tout plein de bonheur *à ce petit numéro 6 !* je
n'ai jamais eu de voyageuse plus commode et
moins faiseuse d'embarras !

On rit beaucoup de ce brusque compliment,
et chacun regagna gaiment sa demeure, excepté
madame Robert dont le court sommeil n'avait
pas suffisamment calmé l'exaspération nerveuse. Charlotte pria son oncle de vouloir bien

permettre que la bonne dame passât le reste de la nuit chez lui, car elle avait peur des hôtels presque autant que de ces fameuses auberges d'autrefois, où chacun sait qu'il existait, sous chaque lit, une trappe qui s'ouvrait à une heure voulue, et laissait descendre les voyageurs dans un souterrain plus ou moins noir, où on les assassinait l'un après l'autre.

En entrant dans la maison de son oncle, Charlotte trouva la famille réunie pour l'attendre, malgré l'heure avancée.

Eh bien! ma chère nièce, lui dit, en l'embrassant, madame Verdier, comment as-tu supporté ce long trajet? avais tu une bonne place, de bons chevaux?

— Rien de bon, ma tante; j'ai eu le fatal numéro 6, de la pluie, de la boue, de mauvais chevaux, de mauvais bouillon, et pourtant, je vous l'assure, j'ai fait un bon voyage.

— Un bon voyage! répéta madame Robert, d'une voix sourde et tremblante, un bon voyage! Vous ne parlez pas des dangers que nous avons courus !

— Vous avez couru des dangers ? s'écrie-t-on de tous côtés.

— D'épouvantables dangers! reprit madame Robert; je vivrais cent ans, que je n'oublierais jamais ce voyage! Danger d'attraper une fluxion de poitrine par suite de l'humidité ; danger d'être assassinée...

— Commnet! on a voulu vous assassiner ?

-- Oui, monsieur... c'est-à-dire... on aurait bien voulu, mais heureusement nous avons passé inaperçus dans cette terrible forêt... Danger d'être noyé...

— Noyé! Ah! mon Dieu !

— Madame, si le misérable bateau qui nous

portait avait seulement chaviré, nous étions tous perdus !

— C'est juste !

Un sourire comprimé accueillit l'exposé de madame Robert, qui, si on l'avait laissée continuer, aurait été capable de faire, sur ce lamentable sujet, un poëme en six chants.

Heureusement un domestique apporta deux bols de bouillon, pas trop chaud, pas trop salé, et, par compassion pour les voyageuses, on les conduisit à l'instant aux chambres préparées pour elles.

Une demi-heure après, le sommeil régnait sur toute la maison. Madame Robert elle-même dormait paofondément, mais les émotions du voyage se produisaient dans ses rêves, et le petit Georges, cousin de Charlotte, et voisin de chambre de l'infortunée pèlerine, assura, le lendemain, qu'il avait, lui, fort mal dormi, parce qu'il avait entendu plusieurs fois crier d'une voix suppliante : « Conducteur ! conducteur ! sauvez-moi !... Au voleur ! je me noie ! conducteur !... »

LE BON MONSIEUR PAX.

Au fond de la cité, on voyait, il y a quelques années, une petite maison dont le propriétaire se nommait M. Pax, excellent homme, né sous Louis XV, témoin oculaire de nos débats politiques, ayant tout vu, tout apprécié, et dont le naturel, bon par essence, s'était encore assoupli parmi les orages de la vie.

Rien de patient et d'aimable comme ce vieillard presque centenaire : il semblait au-dessus des misères communes, sans doute parce qu'il avait enduré de véritables souffrances. Les étrangers l'aimaient comme un ami, et les enfants comme un père; à tous il racontait l'histoire du vieux temps, tous l'écoutaient avec respect, et profitaient de ses leçons.

Le souvenir des maux passés n'est pas sans charme : au coin de son feu, le bon Pax rentrait assez volontiers dans sa prison de 1793. Il croyait converser encore avec ses compagnons d'infortune, disait sa petite façon de penser, bien bas, par habitude, de peur des geôliers, et terminait avec un grand soupir, en offrant une prise de tabac aux vieux amis qui l'écoutaient.

Cependant cet homme qui avaient entendu crouler deux trônes, lui dont la pensée maintenant encore errait souvent entre la tombe et l'échafaud, ce bon M. Pax, enfin, nourrissait un chagrin unique, il est vrai, il avouait n'en avoir pas d'autres ; mais celuici, disait-il, suffisait pour empoisonner les derniers jours de sa vieillesse.

Il faut peu de chose à l'homme pour l'empê-cher d'être heureux, et quelqu'un a dit que sou-vent on n'oserait confier à son meilleur ami le sujet de sa tristesse.

M. Pax était propriétaire d'une fort petite maison; mais entre les murs de cette petite maison se tramait une révolution lente et sour-de, qui réellement faisait dans l'esprit du vieil-lard une impression plus dangereuse, plus fatale que la révolution de 1789.

Autrefois il y avait eu des proscriptions, des trahisons, des supplices! Robespierre... Marat... Mais ces grands noms, qui marchaient dans le sang, portaient dans l'âme une terreur mêlée d'un courage grandissant chaque jour, tandis que dans la maison de M. Pax les choses en étaient venues au point que lui-même perdait quelquefois toute énergie, toute espérance, et se laissait aller au plus profond découragement.

C'était une guerre inestime avec ses fureurs, ses guets-apens, ses cruautés. Point de trève ; on se battait toujours, et pour rien au monde on n'eût voulu faire la paix.

Traçons en peu de mots le tableau stastisque de ce petit état.

Population : quinze personnes.

Situation politique : anarchie.

Principe révolutionnaire : égoïsme.

Agents avoués de la révolution : tout les lo-cataires, plus un chien, un chat, un perroquet, un cor de chasse, un piano, etc.

Agents secrets : les cancans.

Imaginez une tribu sans chefs, un terrain neutre sur lequel chacun empiète, et vous au-rez une idée vague de la maison en question.

Au rez-de-chaussée, une famille composée d'une veuve et de ses cinq enfants.

Au premier, quatre petits appartements oc-
cupés par un pianiste, un poète, un joueur de
cor, et une bonne vieille demoiselle dont toute
la distraction, tout le bonheur, se bornaient à
caresser un chat et apprendre à un perroquet à
parler français. Quel plus innocent passe-temps
engendra de si grands maux ?

Au second, le propriétaire seul avec sa vieille
Madeleine, allant, venant, se détestant à qui
mieux.

Et pourquoi ?

On le comprend facilement. Tout ici-bas peut
devenir un sujet de discorde ; à plus forte raison, tant d'éléments divers réunis sous le même
toit. Il y avait donc une haine implacable entre
le chat du premier et le chien du rez-de-chaussée, entre le cor de chasse et le piano, entre le
perroquet et les élégies du poète. En outre, il se
faisait dans cette maison un bruit effroyable, on

n'y pouvait dormir. La conséquence de ces insomnies répétées était une irritation nerveuse, portée au suprème degré. On se plaiguait à la portière, qui s'en allait à chaque étage porter ses humbles remontrances, ce qui le plus souvent envenimait tout, et mettait le feu aux étoupes. Rien de prolixe comme la mère Gervais, bonne femme d'ailleurs, incapable d'un mauvais procédé, mais diplomate dangereux en ces temps difficiles.

Il faut convenir que la mission était délicate. Ménager à la fois le rez-de-Chaussée et le premier, ne point mécontenter le second, réprimer tout abus, et faire en sorte que les étrennes n'en souffrissent point : quelle tâche !

Aussi était-ce chose curieuse à voir qu'un ambassade de la mère Gervais. Elle amenait les choses de loin, noyait les chefs d'accusation dans un pompeux discours, gourmandait

chacun de la part du voisin, et finissait inévitablement par donner raison à tout le monde,
ce qui, du reste, prouvait un tact exquis.

Mais, après comme avant, la guerre n'en continuait pas moins. On maudissait à haute voix
le piano et surtout le cor de chasse ; on traitait
le chat de voleur ; on se révoltait en masse contre les fastidieux monologues du perroquet.
D'autre part, tout ce matériel de chien, de chat,
de perroquet, avait à porter plainte contre les
enfants du rez-de-chaussée, et ceux-ci, de leur
côté par leurs jeux, leurs cris et leur malice,
attisaient chaque jour le feu de la discorde.

Que faire? La bonne Madeleine se le demandait tristement en tricotant des bas, et se
lamentait auprès de son bon vieux maître, qui
lui disait :

— Ma fille, je n'ai plus qu'un désir en ce

monde : c'est de voir mes locataires vivre en paix.

A quoi Madeleine répondait en branlant la tête :

— En ce cas là, mon cher maître, mettez-les tous dehors.

En effet, le moyen d'accorder entre eux des ennemis jurés ?

M. Pax connaissait ce moyen ; mais il connaissait aussi le cœur humain, et ne se dissimulait point la difficulté de l'entreprise.

Un jour pourtant, un jour que le soleil de mai ramenait la joie et la sérénité sur tous les fronts, le vieillard se mit en devoir de commencer son œuvre.

Il fit approcher ses locataires, les réunit autour d'une table ronde, et les pria de vouloir bien s'expliquer devant lui.

— Mes chers amis, leur dit-il fort paternelle-
ment, se disputer ainsi, ce n'est pas vivre ; vous
avez à vous plaindre, plaignez-vous à moi ; je
suis prêt à vous rendre justice. Unissons nos ef-
forts pour atteindre le but , et nous aurons un
trésor qui surpassera nos espérances : la paix !
la paix !

Comme il parlait encore, sept ou huit voix
glapissantes énumérèrent à la fois un si bon
nombre de délits que M. Pax en fut tout d'abord
comme abasourdi ; mais les voix continuèrent,
haussant à l'envi le diapason, tant et si bien
que Madeleine, au mépris de toute convenance,
ouvrit brusquement la porte, et fit observer à
l'honorable assistance que son vieux maître
n'était plus jeune, et ne pouvait supporter de
pareilles émotions.

Le bruit s'apaisa : M. Pax reprit haleine, et
hasarda quelques questions. Même volubilité
dans les réponses, même aigreur.

Il fallut y renoncer et prier chacun de vouloir bien se retirer chez soi, puis revenir tour
à tour exposer en particulier ses griefs.

Cette espèce d'instruction pacifique dura trois
jours, et au bout de ces trois jours, il se trouva
que tout le monde avait tort, et que personne
ne voulait en convenir. Ainsi le cor s'obstinait
à sonner quoiqu'il entendît le piano ; le piano
répandait ses sons harmonieux jusque pendant
les heures consacrées au sommeil ; les enfants
voulaient jouer aux barres dans la cour, malgré
les trop fréquentes migraines dont la mère
Gervais leur donnait le bulletin ; de plus, le
chien et le chat persévéraient dans leur haine
héréditaire, et se querellaient du plus loin qu'ils
se voyaient.

Le pauvre octogénaire ne savait plus quel
parti prendre. Toujours bon et patient, il plai-
gnait du fond de son cœur tous ses locataires
en général, et chacun en particulier.

Cependant, avant de les abandonner à leur malheureux sort, il obtint à force d'instances, qu'ils voulussent bien lui accorder un mois d'épreuve, un mois pendant lequel on consentirait à pratiquer ses conseils.

Humble législateur, sa morale était douce; il disait : « Mes amis, au nom de la paix, je vous en supplie, ne pensez pas uniquement, à vous, pensez encore au voisin ; gênez-vous un peu pour les autres, les autres se gèneront pour vous. »

Madeleine, qui se faisait le fidèle écho de son maître, s'en allait partout répétant ces paroles, et bravait courageusement les plaisanteries de la mère Gervais, qui assurait que le monde avait toujours été méchant, et qu'il était trop vieux pour se corriger.

La mère Gervais raisonnait en cela comme le vulgaire ; mais la vieille gouvernante n'en

continuait pas moins ses douces exhortations,
pensant qu'avec un peu de bonne volonté tout
s'rrangerait ; car elle voyait bien, dans son bon
sens, que le ver rongeur de la société, c'est l'é-
goïsme : l'égoïsme, qui resserre la pensée et la
tue ; passion tellement basse, tellement hon-
teuse qu'elle se cache dans les derniers replis
du cœur.

Un des jeunes locataires surtout se mon-
trait rebelle ; il disait bien haut que se gêner
était une duperie, et la pauvre vieille répondait :

— Mon cher monsieur, où en serions-nous ,
tous tant que nous sommes, si nous nous obsti-
nions à ne penser qu'à nous ? Otez de la terre
la charité, et vous tomberez dans la barbarie ;
or la vertu contraire à l'égoïsme n'est autre que
la charité, qui supporte les faiblesses du prochain,
en s'efforçant de lui épargner du mal et de lui
faire du bien.

— C'est à merveille, ma bonne Madeleine, répondait le jeune homme, et si tout le monde acceptait votre morale, l'univers deviendrait un paradis terrestre ; mais comme il y en aura tout au plus la moitié, l'autre moitié en sera pour ses frais, et je préfère rester du côté des rieurs.

— Et pourquoi donc, mon bon Monsieur ?

— Pourquoi ? Parce que de l'autre côté on s'ennuiera beaucoup.

— Ah ! Monsieur, vous comptez donc pour rien d'être content de soi, de se rendre le consolant témoignage qu'on travaille de tout son pouvoir à l'œuvre du bon Dieu, et enfin d'obtenir ce qu'il a promis : la paix aux hommes de bonne volonté.

— Allons, Madeleine, vous parlez comme un livre, il faut vous obéir : je vais donc avoir la bonhomie de penser à mes voisins pendant tout un mois ; c'est un peu long, mais j'y consens, à condition que vous irez de temps en temps chez eux leur prêcher le support mutuel, la condescendance envers tous, et surtout envers moi ; c'est convenu ?

— Soyez tranquille, Monsieur, ils sont bien disposés, et tout se fera comme par enchantement.

Madeleine disait cela comme encouragement, mais au fond elle avait peur, et se demandait comment concilier tant d'intérêts divers. Néanmoins la bonne fille était si généralement aimée et respectée qu'on la prenait assez volontiers pour arbitre dans les différends les plus sérieux, et bientôt elle commença à jouir de ses paisibles succès.

Pendant la première semaine on se gêna un peu, et cela coûta beaucoup ; au bout de quinze jours on se gêna davantage, et cela coûta moins : on s'accoutumait, sans presque s'en apercevoir,

aux petites concessions demandées ; chacun
réfléchissant en dehors de sa personnalité, commençait à comprendre qu'on doit sacrifier quelque chose à l'intérêt général. Dès-lors tout
changea de face. Des personnes qui croyaient
fermement s'en vouloir à la mort en vinrent à
se faire la révérence en se rencontrant dans l'es-
calier. Bien plus, les deux musiciens qui jusque-
là se détestaient se mirent à faire de la musique
d'ensemble, et ce fut délicieux ; mais ce qu'il y
eut de plus étonnant, c'est que la maîtresse du
chien et la maîtresse du chat finirent par se
donner la main et presque s'embrasser, ce que
voyant, il arriva que ces animaux, fort intelli-
gents par nature, cessèrent l'un d'aboyer après
la voisine, et l'autre de chercher à égratigner
tous ceux qui l'approchaient. Ah ! les merveil-
leux effets produits en si peu de temps par un
peu de charité !

Enfin le mois d'épreuve était à peine écoulé

que le bon **M. Pax**, rajeuni de quinze ans, ima-
gina de donner une petite fête à ses chers locataires, qu'à raison de son grand âge il appelait
ses enfants.

— Ce sera bien simple, disait-il en faisant
ses invitations; nous n'aurons ni festins ni
danse, mais du moins nous aurons la paix.

En conséquence, Madeleine réorganisa tout
le matériel d'une soirée d'autrefois. Elle tira
d'une armoire de vieux cristaux et de vieilles
porcelaines, elle fit blanchir à neuf les rideaux
du salon et battre les fauteuils ; puis, le jour
de la réunion, elle se mit pour la première fois,
depuis peut-être dix ans, à faire de la toilette,
et, ainsi parée, elle prit un petit air triomphant
qui lui allait à ravir.

Il fallait voir le sérieux avec lequel elle an-
nonçait les invités : on reconnaissait en Ma-

deleine le double caractère de gouvernante et de diplomate.

La mère Gervais, qui l'aidait aux soins du ménage, fut obligée de convenir que le monde n'était pas aussi méchant qu'elle le croyait.

La soirée se passa à merveille : on causa avec abandon ; on s'avoua plaisamment les petites haines du temps passé, et l'on convint, en riant de bon cœur, que l'origine de ces haines ne méritait pas l'honneur de passer à l'histoire.

On prit du thé, on mangea des gâteaux, on remercia le vieillard de sa tendre sollicitude, puis on se sépara, et chacun se retira le cœur libre et gai.

Depuis, hélas ! tout a bien changé ! le bon Pax n'existe plus : il est allé jouir, dans un monde meilleur, de cette paix profonde qui si longtemps lui manqua sur la terre ; mais le souvenir des bonnes œuvres ne s'enferme pas dans la tombe du juste : ce souvenir nous reste comme un parfum qui nous rappelle son passage.

Aussi maintenant encore, dans la maison de M. Pax, on se souvient de son adage favori :

« Gênez-vous pour les autres, les autres se gêneront pour vous. »

Et quand l'égoïsme, toujours prêt à reprendre ses droits, menace de diviser les habitants de cette simple demeure, quelque ancien locataire murmure en soupirant cette parole de regret :

— Ah ! si le bon M. Pax était là !

L'AGONIE DU POËTE.

Sous l'illustre et puissante cité qui régit autrefois l'univers, sont creusés de vastes souterrains counus sous le nom de Catacombes, et dépositaires des débris précieux d'un nombre considérable de martyrs.

Ces immenses caveaux étaient autrefois des carrières : durant les persécutions les chrétiens s'y réfugièrent, et y ensevelirent les corps de tous ceux qu'ils avaient aimés, et qui chaque jour scellaient de leur sang la foi du Christ, que Rome, l'orgueilleuse, n'adorait pas encore.

Les galeries souteraines se multiplient presqu'à l'infini, ets'étendent, dit-on, sous un espace de plus de six mille. On n'y voit point d'ossements : les chrétiens cachaient les débris sanglants des martyrs dans de profondes excavations fermées par des tuiles ou par des tables de-marbre, sur lesquelles on gravait d'ingénieux et touchants emblêmes.

Un jour, un jeune poète français s'engagea sous ces voûtes : il refusa le guide qu'on lui offrait, disant qu'il n'allait pas visiter ces lieux pour en mesurer la hauteur, la largeur et la profondeur, mais uniquement pour jouir de la sombre poésie sous ces arceaux.

Imprudent, hardi, Arthur s'avance ; il est seul, un fil conducteur, une torche éloignent toute crainte. Il se livre sans entraves aux émotions que font naître en lui ces générations muettes dont on ne voit même pas la poussière, mais seulement le souvenir.

Il retourne à ces siècles magnanimes où, bravant les tyrans, les chrétiens se réunissaient dans cette enceinte pour offrir le saint sacrifice. L'imagination du poète s'échauffe; il croit voir encore des vierges nombreuses porter leurs pas craintifs dans ces froides demeures, et, pressées comme un groupe d'albâtre, prier sous leurs longs voiles blancs. Il écoute, sa rêverie enfante un chant mystique qui lui semble le dernier gémissement d'une phalange de martyrs. Il jouit, il admire, mais il ne prie pas : son culte, c'est le beau, l'idéale; sa croyance, une vague espérance de bonheur et de repos ; ami de la souffrance, messager de la pitié, le poète n'offre à son Dieu ni don ni sacrifice; il passe sur la terre comme un exilé qui ne se souvient pas de sa patrie, et se prend à aimer les beautés du désert.

Tout en rêvant, il aperçoit une inscription presque effacée par le temps; il s'approche et cherche à traduire : il lit le nom d'un martyr, et rend hommage à l'homme qui a su mourir pour la défense de sa croyance. il veut continuer sa marche ; il avance, et bientot s'aperçoit que le fil conducteur est perdu !

Que faire ? il retourne sur ses pas.

Trois allées se présentent : laquelle choisira-t-il ? quelle est celle qui ramène à l'entrée du caveau ? Arthur veut s'échapper de ce vaste sépulcre, son isolement l'épouvante. De longs corridors se croisent en tous sens. Il avance, il recule, l'effroi le gagne ; il va, il vient, il regarde, il cherche... Les heures se passent, la torche s'éteint, le jeune homme frémit : jamais il n'avait tremblé, il tremble ; jamais il n'avait eu peur, il a peur.

Il marche dans les ténèbres sans savoir où il va ; il étend ses mains, ses mains s'enfoncent dans le vide, ou se heurtent contre des ruines. Il cherche la lumière, et se souvient que le soleil n'est jamais venu jusque-là. Il écoute, et n'entend que les battements de son cœur. Il crie, les voûtes étonnées se répètent la plainte humaine ; et quand ce cri d'horreur s'est perdu dans l'immensité, rien ne trouble plus l'impassible silence, sinon les soupirs du malheureux et le craquement de ses membres.

Le temps s'écoule et paraît à Arthur une éternelle nuit. Il souffre, il a faim, sa poitrine desséchée demande un peu d'eau.

— J'ai soif ! dit-il tout bas.

— J'ai soif ! répond la mort du fond de son empire.

Alors une sueur froide couvre le frond d'Arthur, une affreuse terreur pèse sur son esprit.

Mon Dieu ! s'écrie-t-il, ne m'abandonnez pas ! Oui, je le reconnais, je suis seul avec vous, et vous avez tout droit sur moi ! J'ai oublié votre loi, j'ai ri de vos préceptes ; ma religion, c'était la poésie ; je nageais dans la mollesse et les délices de ma pensée ; mais vous, Seigneur, vous m'attendiez là !

Adieu, ma mère, ma pauvre mère ! Inès, ma sœur bien-aimée, plains-moi, je ne te verrai plus !

Poésie, folle et douce chimère, tu m'as trompé ! non, tu ne suffis pas à l'homme ! tu m'offrais des lauriers, un nom, un avenir !... mon avenir à moi, c'est de m'étendre tout vivant dans cette énorme tombe, sans ami, sans secours, sans même avoir cette lampe funéraire qu'on ne refuse jamais à l'homme qui se sent mourir !

Seigneur mon Dieu, je n'ai rien à dire pour ma défense ; mais vous êtes plein de bonté : pardon ! pardon !

Ainsi pensait Arthur ; mais sa tête devenait pesante, le délire l'égarait, et ses lèvres murmuraient des paroles terribles.

Qu'il était loin le beau mirage des rêves de la terre, fol assemblage de souvenirs et d'espérance !

La réalité, c'était le vide, la détresse, la mort, et après, l'inconnu... cet inconnu qu'on brave de loin, mais qui tôt ou tard vous écrase !

Tout-à-coup le malheuruux croit entendre des pas ; il écoute, on approche ; une sorte de stupeur le saisit, son imagination se trouble ; une lueur brille au loin, le poète jette un soupir, un soupir d'espoir et de supplication ; mais, brisé par cette commotion, il perd le sentiment de la vie, et devient immobile et froid comme tout ce qui l'entoure.

Après mille détours, un homme portant une

torche arrive auprès d'Arthur : il lui parle, Artur ne répondait pas ; il touche sa main, elle est glacée, « Il est mort? » dit-il, se parlant à lui-même, et d'un pas précipité il s'éloigne... Le misérable, étendu sur la terre, ne peut donner aucun signe de vie; mais il entend, il entend ce bruit de pas qui s'affaiblit, puis au loin une porte qu'on ouvre et qu'on referme.

Alors son cœur se serre, des larmes pressées s'échappent de ses yeux : c'est le dernier adieu qu'il adresse à la vie ; l'ombre de tout ce qu'il aime passe et repasse devant lui : il pense à sa sœur ; il cherche une main dans le vide ; cette main ne se trouve pas !

— C'est fini, se dit-il, il faut mourir ! mon Dieu, j'ai douté, mais je crois; j'ai trop aimé la terre, j'ai mis ma gloire et ma joie dans les choses qui passent ; grâce, ô mon Dieu, grâce, parce que je suis seul, et personne ne prend pitié de moi !

Ainsi l'infortuné acceptait de Dieu la mort terrible qu'il lui imposait, et son âme, grandissant par le repentir, priait : car c'est une sublime et déchirante prière que les derniers gémissements d'un mourant qu'aucun ami ne console... Un cri s'échappe du fond du souterain, Arthur prête l'oreille, il entend de nouveau du bruit, des pas, des voix ; il tressaille et se cramponne à la vie de toutes les forces de sa jeunesse. Les voilà, ils approchent ! que portent-ils ? Une civière pour enlever le cadavre, et le jeter un peu plus tard au fond d'un trou qu'ils feront dans la terre. Un frémissement d'horreur parcourt les membres du jeune homme. La lampe du sanctuaire se ranime avant de s'éteindre. Ainsi Arthur semble renaître : il étend ses bras vers ces hommes qui viennent, et, d'une voix défaillante, leur dit : « J'ai soif ! » Mais, de nouveau vaincu, il retombe dans un complet évanouissement.

Quand il revient à lui, il se trouve en face du soleil, et le salue par un torrent de larmes. Des femmes, des enfants s'empressent à le servir ; on lui serre la main, on le comble de soins et de prévenances ; ce n'est plus un étranger , c'est un ami. Chacun veut donner un témoignage d'intérêt à ce jeune Français perdu dans les catacombes, et qui a passé un jour et une nuit au milieu des horreurs des ténèbres, de la solitude et de la faim ! On le plaint, on le console, on l'aime réellement. Ainsi l'homme est fait : il passe mille fois près d'un frère sans penser à lui ; à l'instant chacun lui tend la main, et de tous côtés on l'appelle en pleurant.

N'y a-t-il pas là un mystère ? N'est-ce pas le premier anneau de cette chaîne d'éternelle fraternité qui, après la rupture de nos liens terrestres, unira les âmes entre elles ?

Le jeune poète, revenant à la vie, remercia

d'un regard tous ceux qui l'entouraient ; puis, se recueillant en lui-même, il bénit Dieu , et promit de le servir ; et comme on lui parlait de la France et de sa famille, il s'écria dans un poétique transport :

— O patrie ! mère et sœur , il faut avoir vécu parmi les morts pour savoir combien on vous aimait !